ME LLAMO
María Isabel

Alma Flor Ada
ilustrado por K. Dyble Thompson

D0088582

Aladdin Paperbacks
New York   London   Toronto   Sydney   Singapore

*Para todos los niños que alguna vez creyeron
que debían cambiarse el nombre*

*Y para Suni Paz, amiga entrañable,
símbolo de que cambiarse el nombre libremente,
uno mismo, puede ser un acto de creación*
—A. F. A.

Para Texas Dave
—K. D. T.

This book is a work of fiction. Any references to historical events, real people, or real locales are used fictitiously. Other names, characters, places, and incidents are the product of the author's imagination and any resemblance to actual events or locales or persons, living or dead, is entirely coincidental.

First Aladdin Paperbacks/Libros Colibrí edition September 1996
Text copyright © 1993 by Alma Flor Ada
Illustrations copyright © 1993 by K. Dyble Thompson
"Las velitas de Hanukah" copyright © 1990 by Suni Paz (ASCAP)
Originally published in English in 1993 as *My Name is María Isabel*

ALADDIN PAPERBACKS
An imprint of Simon & Schuster
Children's Publishing Division
1230 Avenue of the Americas
New York, NY 10020

The text of this book was set in 14-point Electra.
Printed in the United States of America
20 19

Library of Congress Control Number 94-71330
ISBN 0-689-31963-0
ISBN 0-689-81099-7 (Aladdin pbk.)

Contenido

Camino de la escuela

María Isabel miraba la taza de café con leche que tenía delante. Y el pan con mantequilla. Pero no le era fácil empezar a comer.

Oyó la voz de su madre: —Maribel, cariño, apúrate.

Y la de su padre: —No quieres llegar tarde el primer día.

Pero en lugar de decidirse a terminar el desayuno, María Isabel seguía mirando cómo la mantequilla se derretía despacito en el pan. Y cómo se formaba una nubecita de humo sobre la taza de café con leche.

—Ya verás cómo te gusta la escuela —le insistía su madre. Pero su voz cariñosa no lograba convencer a María Isabel. No era fácil ir a una escuela desconocida. Y menos aún cuando ya el año escolar había empezado y seguramente ella iba a ser la única alumna nueva. ¡Qué mala suerte que hubieran tenido que mudarse ahora cuando ya hacía dos meses que habían empezado las clases! Y cuando ella tenía tantos planes para jugar durante las vacaciones de Navidad con Clara y Virginia.

—Ya verás cómo pronto haces amigas nuevas —oyó que decía su padre, como si supiera lo que ella estaba pensando.

María Isabel seguía mirando fijamente la taza. Pero cuando su hermano Antonio reclamó: —Vamos, Belita, apúrate. Me vas a hacer llegar tarde a mí— se tomó de un tirón el café con leche, aunque sentía que le quemaba la lengua. Luego sacudió la cabeza, como para alejar los malos pensamientos.

Se levantó y tomó la mochila azul con los útiles escolares. Siempre había querido tener una mochila. Y el sábado anterior, en la tienda, la mochila le había parecido preciosa. Se había alegrado muchísimo cuando su mamá se decidió a comprársela, aunque era un poco más cara que la roja. Y cuando se quedó sola por un rato en el apartamento, había caminado de arriba a abajo con la mochila en la espalda. Y hasta se había subido al inodoro para mirarse en el espejo del baño y ver cómo se veía con su mochila. Ahora se le hacía pesada y no podía entender que antes le hubiera gustado.

—Adiós, mami —dijo María Isabel, acercándose a su madre que estaba fregando ya los vasos y tazas del desayuno. Su voz casi no se oía.

—Hasta luego, mi amor, qué Dios te bendiga —le respondió la madre, dándole un beso en la frente, mientras sumergía las manos en el agua jabonosa.

—Adiós, hijita. Pórtate bien y obedece a la maestra. Ya sabes que en la escuela la maestra es como mamá aquí en la casa.

—Sí, papi. Adiós —dijo María Isabel y se empinó para abrazar a su padre. Luego tomó la bolsita de papel con el almuerzo preparado por su madre.

¡Cómo hubiera querido quedarse allí! En la cocina calentita que olía a café recién colado.

Abrazada al cuello de su padre, que siempre la hacía sentir tan bien y tan segura. Pero la ráfaga de aire frío que entró en ese momento le decía que Antonio ya estaba en la puerta esperándola.

Ya se veía venir el autobús amarillo cuando María Isabel y Antonio llegaron a la puerta del edificio de apartamentos. —Corre, Belita, apúrate —gritó Antonio.

María Isabel se apresuró. Sus botas nuevas, que le habían regalado hacía dos semanas al cumplir los nueve años, hacían crujir las hojas secas que cubrían la acera, mientras corría detrás de su hermano. Y, tratando de alcanzarlo, no vio el desnivel en la acera, donde la raíz de un árbol había levantado el cemento.

Lo primero que oyó fueron las risas de los chicos. Sólo después se dio cuenta de que Antonio le preguntaba: —¿Estás bien? —mientras le daba la mano para ayudarla a levantarse.

María Isabel no contestó. Se limitó a recoger del suelo la bolsa del almuerzo, ahora toda magullada. Le dolía mucho la rodilla,

pero caminó hacia el autobús sin bajar la cabeza para comprobar si se había hecho daño. Sin embargo, al levantarse había visto que el vestido que su mamá había lavado y planchado la noche anterior estaba ahora manchado de fango.

El vestido amarillo se lo había hecho la tía Áurea. La tela se la había dado su abuelita, al despedirse, la última vez que estuvieron en Puerto Rico. Y ella lo había estado guardando para los días importantes. Se lo había puesto esta mañana para ir por primera vez a la escuela nueva para que le diera suerte y para sentirse menos mal entre tantos chicos y chicas desconocidos. Esos chicos y chicas que ahora en el autobús se reían y charlaban despreocupados mientras que ella todo lo que podía hacer era mirarse la rodilla ensangrentada.

Nombres y apellidos

Buenos días —la voz de María Isabel era apenas un murmullo. Se había parado frente al escritorio de la maestra porque no sabía a dónde ir. Antonio la había dejado frente a la puerta de la oficina y se había ido a la escuela intermedia, que quedaba en la próxima cuadra. La secretaria le había dado a María Isabel un papelito rosado y le había pedido a un niño que le indicara a María Isabel dónde quedaba el salón 17. Y ahora que estaba allí, ella no sabía qué hacer.

Los otros niños habían ido cada uno rápidamente a su escritorio. Algunos sacaban libros o papeles. Otros, parecían esperar órdenes. Pero mientras tanto se sonreían unos a otros. E incluso conversaban en voz baja.

María Isabel miró la pared detrás del escritorio de la maestra. Había un enorme pavo hecho de papel de construcción de colores. En cada una de las plumas de la cola tenía escrito un nombre. María Isabel empezó a leer: Jonathan, Eric, Michelle, Salomon, Laurie, Freddie, Marta, Ricardo, María Sánchez...

La maestra no había levantado la vista. Estaba revisando un cuaderno grande, en el que se veía una lista de nombres. María Isabel empezó a oír las risitas calladas detrás de ella. Sólo cuando aumentó el ruido, la maestra levantó la vista y la miró.

—¡Hola! —le dijo en inglés a María Isabel. Sonreía, pero su sonrisa no logró hacer que María Isabel se sintiera cómoda. —Así que tú eres...

—María Isabel Salazar López —respondió la niña. En español hubiera añadido "para servirle", pero no sabía cómo decir eso en inglés. Así que no añadió nada y le entregó el papelito rosado.

—Ah... Maria Lopez —dijo la maestra.

—En esta clase ya tenemos dos Marias . . . Así que mejor te llamaremos Mary. Siéntate allí, al lado de Marta Perez. Luego te daré tus libros.

María Isabel se sentó calladamente donde le habían indicado. La niña que la maestra había llamado Marta Pérez levantó la vista del libro que tenía abierto y la miró. Tenía el pelo corto y un cerquillo sobre la frente. María Isabel bajó los ojos. Ninguna de las dos dijo nada.

Al poco rato la maestra le trajo un libro. Era grueso, con tapas verdes. Estaba nuevo y en su cubierta brillante se veía saltar un delfín. María Isabel se preguntó intrigada si sabría leerlo y de qué trataría. ¿Habría alguna historia sobre delfines? Lo abrió interesada porque le encantaba el mar y siempre había soñado con ver un delfín de verdad. En la parte de adentro estaba escrito *Mary Lopez*.

María Isabel se quedó mirando las palabras. La letra de la maestra era precisa y bonita. Parecía imposible que alguien escribiera con una letra tan hermosa... casi parecía de imprenta.

9

Mientras miraba las letras parejas y perfectas de aquel nombre extraño, *Mary Lopez*, a María Isabel le vinieron a la memoria sus cuadernos del año anterior. ¡Qué gusto le daba abrirlos y mirar la primera página! La letra de su madre no era tan bonita como la de la maestra. Pero cuando se había sentado a la mesa de la cocina para escribir en cada uno de los cuadernos *María Isabel Salazar López*, le había dicho: —"*María*" por tu abuelita María, que no conociste, pero que te hubiera querido mucho. "*Isabel*" por tu abuelita Chabela, que tanto te quiere. "*Salazar*" por tu papá, y claro por tu abuelito Antonio. Y "*López*" por mí, y claro, también por mi papá, por tu abuelo Manuel. No te acuerdas de él, porque murió cuando eras muy pequeña —y había suspirado, para luego añadir, sonriendo— pero te hubiera gustado mucho. ¡Sabía contar unos cuentos!

María Isabel siempre se había sentido orgullosa de que le hubieran puesto el nombre de sus dos abuelas. La abuela María no era sino eso, un nombre. Porque nunca la había conocido. Pero había visto la foto que su papá

cuidaba con mucho cariño. Cada vez que se habían mudado era lo último que empaquetaban, bien envuelta, para que no fuera a dañarse el marco ni a romperse el cristal. Y luego, era lo primero que colocaban en la pared de cada nuevo apartamento.

Y le gustaba llamarse como la abuelita Chabela, la abuelita risueña que vivía en Puerto Rico y que olía a anís, a manzanilla, a canela, que cocinaba dulces tan ricos que todos venían a probarlos y a comprarlos. Y que guardaba en una lata de galletas vacía el producto de la venta de sus dulces: —Para que algún día puedas estudiar, hijita. Y no te pases la vida en una cocina.

La abuelita Chabela que le había regalado la tela amarilla del vestido que se había manchado esta mañana con la sangre de su rodilla rasmillada.

—Mary. Mary Lopeez, Mary LOPEEEZ. La voz de la maestra había ido subiendo de tono. Pero parecía que lo que había sacado a María Isabel de sus recuerdos no era tanto esa voz que ahora casi parecía chillar, sino precisamente el silencio que se había hecho en el aula.

—Te estoy hablando, Mary—. La maestra estaba de pie junto a ella. La miraba con una mezcla de sorpresa e impaciencia. María Isabel se encogió en el asiento y miró al delfín que saltaba en la cubierta del libro. ¿Cómo explicar que ella no se reconocía en ese nombre ajeno?

En el recreo

A la hora del recreo, María Isabel se demoró en salir de la clase. Quería ver qué hacían los otros niños. Había empezado a ir a la escuela en Puerto Rico. Luego, cuando su familia se mudó a Nueva York, había ido por dos años a su escuela anterior. Las clases allí eran en español y le habían gustado mucho sus maestras. La Srta. Herrera de segundo grado siempre la felicitaba por lo bien que hacía las matemáticas y le había empezado a enseñar a hablar inglés. Sobre todo le gustaba la Srta. Peyrellade del tercer grado, que les leía cuentos preciosos en español y que enseñaba al aire libre en los días soleados. Allí había tenido muy buenas amigas, pero como aquí no conocía a nadie, siguió de lejos a los niños hasta que llegaron al patio. Una vez allí se quedó de pie en una esquina junto a la pared, sin saber qué hacer. A los pocos minutos, la tomaron de la mano. Era Marta Pérez. —Ven, vamos a saltar la cuerda. Y, como María Isabel no se decidía, le insistió—: Ven.

El ritmo de la cuerda que hacía girar junto con Marta Pérez para que saltara una niña con un vestido a cuadros, hizo sentir bien a María Isabel. Era como la mecedora de la abuelita Chabela, cuando la cargaba en sus piernas y la mecía para dormirla. O como el ir y venir de las olas del mar, frente a la casita del abuelo Antonio. Las olas llegaban suavemente hasta la orilla de la pequeña bahía y bañaban la arena en la que se secaban al sol las redes extendidas sobre las barcas, que, puestas boca abajo sobre la arena, parecían enormes escarabajos.

¡Cómo le gustaba esa playa a María Isabel! Le gustaba caminar por ella, tempranito en la mañana, recogiendo los tesoros que el mar había dejado en la arena durante la noche:

15

conchitas nacaradas, trocitos de coral blanco, caracoles de formas distintas o un erizo, seco y blanqueado por el sol. Y le gustaba bañarse, al mediodía, brincando entre las olas, jugando con la espuma, refrescándose en las aguas claras bajo el sol caliente.

—Anda, te toca, salta —oyó que le gritaba la niña del vestido a cuadros.

¡Qué bien se sentiría dejar que la cuerda pasara bajo sus pies, sin tocarla una sola vez, mientras Marta Pérez y la otra niña, cuyo nombre no sabía todavía, la hicieran girar rítmicamente! Pero todavía le dolía mucho la rodilla por la caída de la mañana. Y tenía miedo de no poder saltar bien. Entonces, las otras creerían que no sabía hacerlo. Así que negó con la cabeza. En ese momento, se oyó el timbre indicando que el recreo había terminado.

María Isabel siguió a las dos niñas. No habían hablado mucho. Pero la habían invitado a saltar la cuerda. Mañana, cuando no le doliera tanto la rodilla, les enseñaría qué bien sabía hacerlo. Y mientras cojeaba ligeramente hacia la clase, le pareció que quizá venir a esta escuela nueva no sería tan malo después de todo. Si tan sólo la maestra no insistiera en llamarla *Mary*.

Mary Lopez

Al día siguiente, María Isabel se enteró de que la niña del vestido a cuadros era una de las Marías de la clase, María Fernández. La otra María, María Sánchez, tenía unas trenzas larguísimas y en cuanto salían al recreo se iba a buscar a su hermana mayor y se pasaba todo el tiempo con ella.

María Isabel, en cambio, se pasó el recreo con María Fernández y Marta Pérez. Y cuando la invitaron a saltar lo hizo, aunque la rodilla todavía le molestaba un poco.

A los pocos días ya tenía una idea de cómo estaba organizado el tiempo en la clase. Sabía que por la mañana tenían lectura y matemáticas. A la maestra le preocupaba mucho que hicieran bien las matématicas. Y María Isabel pensó que eso estaba bien, porque ella nunca había tenido problema con los números.

Pero, lo mejor de todo fue que, a la hora del almuerzo, Marta Pérez le dijo: —Ven, te voy a enseñar dónde está la biblioteca. ¡Hay muchísimas revistas!

—Y, ¿podemos entrar sin la maestra? —preguntó María Isabel.

—¡Sí! Cuando queramos podemos ir a la hora del almuerzo —respondió Marta, señalándole la puerta abierta.

—¡Qué bueno! —exclamó María Isabel. Y le explicó a Marta—: En mi otra escuela sólo íbamos a la biblioteca en grupo, cuando nos llevaba la maestra.

Cuando entraron a la biblioteca, la bibliotecaria estaba en su escritorio, detrás de varias pilas de libros. No dijo nada, pero levantó la vista y les sonrió. Y María Isabel sintió que la sonrisa era como una invitación a sentirse cómodas.

Marta se fue de frente a las revistas y tomó varias de ellas. Se sentó en la alfombra con las piernas cruzadas y se puso a leer historietas de Batman.

María Isabel caminó entre los estantes de los libros. Nunca había estado sola frente a tantos libros de cuentos. Y no estaba muy segura de cuál escoger. Fue leyendo los títulos con atención. Y, de vez en cuando, sacaba alguno del estante y observaba la carátula. Tenía uno en la mano, cuando se dio cuenta de que la bibliotecaria estaba de pie a su lado. Era mucho más alta de lo que parecía cuando estaba sentada en el escritorio. María Isabel no la había sentido llegar, pero no se sintió sobresaltada. Al contrario. La bibliotecaria, entonces, se inclinó y le dijo, en voz baja, como si estuvieran compartiendo un secreto: —Llévalo. Te va a gustar.

Y María Isabel nuevamente pensó que quizá esta escuela nueva no iba a ser tan malo después de todo, aunque las clases fueran todas en inglés y aunque todavía echaba de menos a Virginia y a Clara.

Pero esa tarde, la maestra se volvió a impacientar con ella. La maestra preguntó si alguien podía explicar quiénes habían sido los Peregrinos. Eric contestó que eran marineros y que habían hecho un viaje muy largo. La maestra entonces dijo: —A ver si Mary Lopez nos dice qué sabe de los Peregrinos.

María Isabel se quedo callada. Si se hubiera dado cuenta de que la pregunta se la habían hecho a ella, hubiera dicho que los Peregrinos eran gente que buscaba un mejor lugar para vivir. Y que eran los primeros de muchos otros que vinieron después. Y hasta quizá se habría atrevido a decir que todos eran en cierta manera Peregrinos. Que es lo que la Srta. Peyrellade les había explicado.

Pero no dijo nada. Y la maestra se enojó: —Cuando te pregunto algo, debes responder, Mary.

Y, en seguida, le preguntó a Salomon, que tenía la mano levantada y que dijo:

—Los Peregrinos vinieron buscando libertad para practicar su religión.

Durante toda la tarde, María Isabel estuvo con la cabeza gacha. Le preocupaba que los demás chicos pensaran que era tonta porque

no había contestado la pregunta de la maestra. A la mañana siguiente, a María Isabel se le volvió a hacer difícil tomarse el desayuno. Y Antonio se disgustó:

—A ver si hoy no tenemos que correr para coger el autobús, Belita —se quejó—. Hazla que se apure, mamá. ¿Será posible que no le importe llegar tarde a la escuela?

Su madre no dijo nada. Pero la ayudó a ponerse la chaqueta y le alcanzó la mochila y la bolsa del almuerzo.

Por la tarde, mientras merendaban, su madre por fin preguntó: —Y, ¿cómo te fue hoy en la escuela, Maribel?

María Isabel se limitó a contestar: —Bien. No sabía realmente qué decir. Y se alegró de que su madre no le preguntara nada más. No le hubiera sido fácil explicarle que aunque había hecho bien las matemáticas por la mañana, por la tarde se había vuelto a olvidar del nombre que la maestra le había dado y que ahora la maestra la miraba siempre con desconfianza.

Su hermano, en cambio, se dedicó a hablar de sus nuevos amigos y de la buena banda de música que había en la escuela intermedia. Y del equipo de béisbol. Pero aunque Antonio hablaba con entusiasmo, la madre no parecía oírlo. Estaba preocupada todo el tiempo.

Se habían mudado porque el señor Salazar había conseguido trabajo haciendo la limpieza y el mantenimiento de un grupo de edificios, uno de los cuales era el en que ahora vivían. Sus padres habían estado muy contentos, porque no tendrían que pagar alquiler por el apartamento. Y Antonio porque sería la primera vez que vivían en un apartamento con tres dormitorios y podría tener uno para él solo. Además a Antonio siempre le gustaban las cosas nuevas.

Pero a la señora Salazar no le era fácil conseguir en este barrio los ingredientes que estaba acostumbrada a usar para cocinar. Cada día experimentaba con algo nuevo, y nunca quedaba satisfecha del resultado. Además, parecía que todo costaba mucho dinero y aunque no tenían que pagar por el apartamento, el sueldo era muy poco y no alcanzaba.

Esa noche, a la hora de la comida, la señora Salazar anunció:

—Mañana voy a salir a buscar trabajo. Trataré de estar aquí cuando llegues de la escuela, pero por si acaso, aquí tienes una llave. Vente derechita de la escuela. Y espérame aquí, no salgas a la calle.

María Isabel se sintió un poco extraña al día siguiente, con la cinta rosada al cuello. Siempre había llevado algo al cuello. Primero una medallita de la Virgen María que le había regalado su madrina en su bautizo. Luego una crucecita que le había dado su padrino cuando cumplió siete años. Estaba tan acostumbrada a llevar algo al cuello que usualmente se olvidaba de lo que llevaba. Pero la llave era muy diferente. A ratos la hacía sentirse importante y mayor. María Isabel se dio cuenta de que otras chicas también llevaban llaves al cuello y pensó que tenían algo en común. Pero la mayor parte del tiempo, sin embargo, la llave la hacía sentirse triste.

Y, esa tarde, cuando María Isabel regresó de la escuela, su madre no estaba en casa. Antonio se había quedado a practicar en la banda. Desde que tocaba el tambor, se sentía muy importante y se la pasaba practicando todo el tiempo.

El apartamento parecía una caja vacía. María Isabel se sentó a la mesa de la cocina. Tomó una hoja de papel y un lápiz y se puso a escribir: *María Isabel Salazar López. María Isabel Salazar López. María Isabel Salazar López.* Iba haciendo la letra cada vez más grande. Y pronto la hoja estuvo llena. María Isabel la arrugó, la hizo una bola y la tiró con fuerza al latón de la basura. Pero la bola de papel no cayó dentro del latón.

María Isabel pensó cómo se hubiera burlado Antonio de su mala puntería y por un momento se alegró de estar sola. Se levantó, recogió el papel y lo echó a la basura. Y entonces se puso a mirar dentro de los estantes de la cocina.

Cuando su padre regresó, María Isabel había puesto la mesa. Y tenía casi lista la comida. Una ensalada de lechuga y tomate estaba en el centro de la mesa, en la ensaladera de madera. Y en dos ollas, sobre la cocina, listos para servirlos, había arroz y frijoles. Todo lo que faltaba era freír la carne.

Su madre llegó agotada. Se tiró en una silla y se quitó los zapatos. Y al ver la mesa puesta y la ensalada lista lanzó una exclamación de alegría.

Más tarde, sentados a la mesa, su padre le dijo: —¡Qué gusto me da que ayudes a tu madre!

Y su madre comentó: —¡Qué rico te ha quedado el arroz! Bien hicimos en ponerte María Isabel. Tienes las mismas buenas manos para cocinar que tu abuela Chabela.

Antonio no dijo nada, pero se sirvió un segundo plato de frijoles.

María Isabel hubiera querido sonreír. Y sentirse feliz. Le encantaba complacer a sus padres. Y sabía que había hecho bien en preparar la comida. Pero, ¿cómo explicar que ya no se podía sentir orgullosa de llamarse María Isabel si tenía que estar atenta a responder cada vez que la maestra decía "Mary Lopez"?

La primera nevada

La mañana en que la ciudad apareció cubierta de nieve, María Isabel no quería separarse de la ventana de su cuarto. ¡Qué hermoso se veía todo! El manto blanco no sólo había ocultado los latones de basura y convertido el callejón al que daba su ventana en una especie de túnel encantado, sino que parecía también haber cubierto los ruidos y envuelto a la ciudad en silencio.

Camino del autobús, María Isabel trató de pisar en las huellas que habían dejado las botas amarillas de Antonio. No quería que sus pisadas ayudaran a destruir el bello manto blanco. Durante toda la clase de matemáticas estuvo pensando en la nieve. Se preguntaba si habría bastante en el callejón detrás del edificio de apartamentos para hacer un muñeco. Y si una vez que hiciera el muñeco podría verlo luego desde su ventana.

De pronto se dio cuenta de que, pensando en la nieve, no había resuelto las multiplicaciones que tenía delante y se aplicó a resolverlas y a escribir las respuestas. Estaba tan preocupada tratando de completar la página que una vez más no reparó en que la maestra llamaba irritada: —¡Mary Lopez! Cuando se dio cuenta que la maestra esperaba una respuesta suya no supo qué decir.

—Bueno, parece que Mary no quiere hacer ningún papel en la representación de Navidad —oyó que decía la maestra y que luego añadía—: Está bien, podrá ayudar a Tony y Jonathan a recibir a los padres en la puerta y a enseñarles donde deben poner la comida y colgar los abrigos.

"La representación de Navidad..." María Isabel no podía pensar en nada más mientras iba de regreso en el autobús. La maestra les había dicho que iban a representar a *Amahl y los*

Reyes Magos. María Isabel lo había visto por televisión y le había gustado mucho. "Ya sé que no me hubieran dejado hacer de María, porque Ann se va a ver mucho mejor con su pelo tan largo, pero me hubiera encantado ser una pastorcita. Hubiera podido traer la canasta de paja de mamá y se hubiera visto muy bonito..."

Se volvió hacia la ventana para que nadie se fuera a dar cuenta que se estaba enjugando una lágrima. Al mirar fuera vio que la nieve blanca de la mañana había sido apilada a los lados de la calle y ahora, cubierta del residuo de los tubos de escape de autos, de autobúses y camiones, se veía gris y sucia. Cómo hubiera querido estar con Clara. Seguro que Clara hubiera comprendido lo que sentía.

Entonces, María Isabel, para no ver la nieve sucia ni pensar en la representación de Navidad, tomó el libro que había sacado de la biblioteca y se puso a leer. El libro se llamaba *Las telarañas de Carlota.* La vida de Fern en la granja le parecía tan libre y sin preocupaciones que a María Isabel le hubiera encantado vivir así, rodeada de los animales de la granja.

Sch

Y tener bastante tiempo para sentarse en el granero y oírlos hablar. "¿Por qué no será la vida real como la de los libros?" se preguntó María Isabel.

6

Acción de Gracias

El Día de Acción de Gracias el señor y la señora Salazar decidieron ir a visitar amigos en su viejo barrio. Fue una decisión de último momento, cuando habían terminado la comida y parecía que todavía faltaba algo. En el edificio anterior conocían a mucha gente, y siempre había algún vecino que venía a saludar y se quedaba a tomar una tacita de café y conversar.

Antonio y María Isabel recibieron con alegría la noticia. Y durante todo el largo viaje en el subway, extrañamente vacío, María Isabel trató de pensar en qué les contaría a Clara y a Virginia de su nueva escuela.

Enseguida que llegaron a casa de los Hernández, María Isabel pidió permiso para ir a visitar a sus amigas. Subió corriendo al tercer piso a buscar a Virginia. Pero no había nadie en casa. La vecina de al lado le dijo que habían ido a cenar con los abuelos de Virginia. María Isabel, entonces, se fue a buscar a Clara. Su amiga sonrió con alegría al abrir la puerta del apartamento y ver a María Isabel. Se abrazaron contentísimas. A María Isabel le pareció que Clara había cambiado muchísimo hasta que se dio cuenta de que estaba maquillada. Y Clara insistió en que María Isabel la acompañara para presentarle a su prima que acababa de llegar de Puerto Rico y vivía en el apartamento de al lado.

—Se llama Carmen. Y tiene ¡trece años! Te va a gustar, ya verás —le dijo mientras tocaban el timbre.

Carmen abrió la puerta. —¡Qué linda tu amiguita! —exclamó, haciéndolas entrar. Y añadió, volviéndose a María Isabel—: Ven, te voy a poner más bonita todavía.

Carmen entró al cuarto y regresó con una caja plástica llena de cosméticos. Sentó a María Isabel frente a un espejo y se dedicó a maquillarla. Le pintó los labios, le puso un poquito de color en las mejillas y le pintó los ojos. Luego le peinó el pelo hacia atrás y se lo sujetó con una hebilla cubierta de flores.

—Carmen va a ser peluquera —dijo Clara—. ¿Verdad que lo hace muy bien?

—Y maquilladora… —aclaró Carmen—. Y algún día me voy a ir a trabajar a Hollywood y voy a maquillar a todas las artistas.

—¡Y las conocerás! —añadió Clara.

Carmen regresó al cuarto a buscar varias revistas. Les explicó a las dos montones de cosas sobre la vida de cada artista y sobre cómo ella las maquillaría.

Antes de que María Isabel se diera cuenta, ya había pasado una hora. —Voy a tener que lavarme la cara —dijo María Isabel—. A mi mamá no le gusta que me pinte todavía.

—¡No, no te la laves! Te lo voy a quitar casi todo con un pañuelo de papel. Y Carmen le fue quitando casi todo el maquillaje, hasta dejar sólo una sombra. María Isabel se levantó para irse.

—Espera, espera —insistió Carmen y le puso unas gotas de perfume en las muñecas.

—Gracias Carmen, espero volver a verte antes de que te vayas a Hollywood. Clara la acompañó hasta la casa de los Fernández. Se fueron caminando despacito, para alargar el tiempo.

—¿Cómo no me llamas nunca por teléfono? ¿Ni a Virginia tampoco? —preguntó Clara.

—Es que mamá dice que no usemos el teléfono cuando no es necesario. Pero le voy a pedir si me deja llamarte algún domingo.

—Bueno, y yo te llamaré el domingo siguiente.

En el viaje de regreso María Isabel iba pensando que no había llegado a hablar con Clara nada sobre la escuela. Lo había pasado tan bien que se le había olvidado la escuela. Pensando en que el domingo siguiente la llamaría a Clara, María Isabel sonrió. En ese momento Antonio dijo:

—Yo creo que tus amigas se creían que era Carnaval en lugar de Día de Acción de Gracias. María Isabel se encogió en el abrigo. Se debía haber lavado la cara después de todo.

Pero su padre intervino riéndose: —No la

molestes, Antonio, Chabelita va a ser una muchacha muy guapa cuando llegue el momento.

Luego la atrajo hacia él y le dijo: —Pero ese momento no ha llegado todavía, ¿verdad, Chabelita?

María Isabel miró a su madre y vio que sonreía también. Y comprendió que tenía mucho por lo cual estar agradecida en este Día de Acción de Gracias.

La Fiesta de Invierno

Durante los días siguientes parecía que todo lo que se hacía en la escuela tenía que ver con la Fiesta de Invierno. Estaban haciendo guirnaldas y farolitos. La maestra les explicó que la Navidad se celebra de distintas maneras en distintos países y que muchas personas no la celebran. Habían hablado de cómo empezó la tradición de Santa Claus y cómo en algunos países se le llama San Nicolás y en otros Papá Noel. Y habían hablado de Hanukah, la fiesta hebrea para celebrar la rededicación del templo, y del sentido especial de las nueve velitas de la menorah.

La maestra les pidió que trajeran fotos y otros recuerdos relacionados con estas fechas.

Muchos de los niños trajeron fotos en que se los veía junto al árbolito de Navidad. Mayra trajo unas fotos de cuando estuvo en Santo Domingo para Año Nuevo. Michelle trajo una foto de cuando era más pequeña, sentada en las piernas de Santa Claus. Gabriel trajo fotos de la parada del Día de Reyes en Miami, Florida. Había ido el año anterior, cuando estaba pasando las Navidades con su abuelita cubana. Marcos trajo una piñata en forma de un loro verde, sentado en su aro, que le había traído su tío de México. Enmanuel mostró un álbum de fotos del viaje que había hecho con sus padres a Israel y Esther varias tarjetas que le había mandado su abuelito que vivía en Jerusalén.

Un día la cantante Suni Paz vino a la escuela y después de cantarles varias canciones de Navidad de distintos países, les enseñó a cantar la canción "Una velita, dos velitas..."

María Isabel se fue a casa musitando "Hanukah... Hanukah... para celebrar..." El viaje en el autobús se le hizo menos largo, porque parecía que seguía oyendo las canciones. Y casi, casi le parecía que había viajado a todos esos países y que había compartido un poquito sus fiestas.

Más tarde, en casa, mientras preparaba la comida y ponía la mesa, María Isabel cantaba:

> Con la menorah,
> lascas de papas,
> trompos de barro,
> para celebrar.

Y al oír cómo su voz llenaba la cocina del apartamento vacío, se sintió tan a gusto que se propuso hacer un muñeco de nieve cuando volviera a nevar. Y lo completaría antes de que los basureros entraran al callejón y ensuciaran toda la nieve.

Pero después de la visita de Suni Paz, los días en la escuela se le fueron haciendo más largos. Como no tenía un papel en la representación de *Amahl*, María Isabel no tenía nada que hacer durante los ensayos.

La maestra había decidido que las canciones, incluyendo la favorita de María Isabel, la de las velitas de Hanukah, las cantarían los

actores y actrices después de la representación, en el propio escenario. Como no tenía papel en la representación, María Isabel tampoco cantaría.

A los otros dos chicos, Tony y Jonathan, que tampoco iban a tomar parte en la representación, no parecía importarles mucho. Se pasaban el tiempo de los ensayos leyendo tiras cómicas o cuchicheando. Nunca le habían dirigido la palabra a María Isabel y ella tampoco se atrevía a hacerlo.

Lo único bueno en esos días era leer el libro que había sacado de la biblioteca. De alguna manera sus problemas parecían menores que los del cerdito Wilbur. La única diferencia era que los protagonistas de los libros siempre parecían encontrar soluciones a sus problemas y ella no podía vislumbrar ninguna para los suyos.

Mientras recortaba campanitas y estrellas para las decoraciones, María Isabel trataba de imaginarse que era una cantante famosa. Algún día cantaría en un gran teatro y la maestra se sentiría muy mal de no haberla invitado a cantar ahora.

Pero más tarde María Isabel pensó que su maestra no era tan mala. Todo se trataba de un gran malentendido. "Si sólo pudiera explicarle como me siento... aun si nunca llego a ser una gran cantante. Todo lo que quiero es ser yo misma y no mortificar a la maestra todo el tiempo. Sólo quisiera participar en la Fiesta de Invierno y seguirme llamando María Isabel Salazar López".

Enredada en una telaraña

He pedido permiso en el trabajo para salir más temprano el día de la fiesta en tu escuela —anunció la madre de María Isabel una noche, mientras servía la sopa—. Papá también va a salir temprano. Así podremos llevar el arroz con gandules.

—Y sobre todo, voy a poder oír cantar a María Isabel —añadió su padre.

María Isabel agachó la cabeza sobre el plato de sopa. No les había dicho nada a sus padres. Sabía que se iban a sentir defraudados cuando todos los demás niños participaran en la representación. Ya se imaginaba a su madre preguntándole: "Y, ¿por qué tú no cantaste? ¿No sabe tu maestra lo bonito que cantas?" Siguió tomándose la sopa en silencio. ¿Qué podía decir?

—¿No dices nada, Chabelita? —preguntó su papá—. ¿No te alegras de que vayamos a tu fiesta?

—Claro, papá, claro que me alegro —dijo María Isabel. Y se levantó para llevar el plato de sopa vacío al fregadero.

Esa noche, después de ayudar a su madre a fregar los platos de la comida, María Isabel se fue a su cuarto. Se desvistió, se metió en la cama y se tapó con la frazada. Pero no le era fácil dormirse, así que encendió la luz y continuó leyendo *Las telarañas de Carlota*. Se sentía enredada en una telaraña, molesta y pegajosa, que mientras más trataba de desprenderse de ella, más parecía pegársele y no dejarla escapar.

Cuando la bibliotecaria le dijo que el libro le gustaría, a María Isabel le había parecido que estaban compartiendo un secreto. Ahora mientras leía, le parecía que quizá el secreto era que *todo el mundo* tiene algún problema.

Sentía que entendía al cerdito Wilbur, a

quien lo estaban engordando para comérselo en Navidad sin que él lo supiera. Así como sus padres se estaban preparando con tanto entusiasmo para ir a la fiesta sin saber que les esperaba un desencanto.

—¡Qué injusto es que las fiestas no sean un motivo de alegría para todos! —dijo María Isabel en voz baja. Suspiró.

Luego apagó la luz, se arrebujó en la frazada y se quedó dormida pensando en cómo ayudar a Wilbur y salvarlo de convertirse en cena de Navidad.

Mi mayor deseo

Faltaban dos días para la fiesta. El día había amanecido nublado y gris, y durante el viaje en autobús a la escuela María Isabel pensó que quizá eso quería decir que habría una gran nevada. ¿Podría hacer el muñeco de nieve por fin? Pero poco después de que los niños llegaran a la escuela, había empezado a lloviznar.

Los chicos, como para desquitarse de no poder salir, se aplicaron al ensayo. Y nadie se equivocó ni una vez. Melchor no se olvidó lo que le tenía que decir a la madre de Amahl. Y a Amahl sólo se le cayó la muleta una vez. Y sobre todo, los pastores se acordaron por dónde tenían que salir al escenario y no se tropezaron con los Reyes Magos.

Hasta Tony y Jonathan parecían interesados en la representación. Y se brindaron a ayudar a subir y bajar del escenario las cestas de los pastores y el pesebre en el que colocaban a la muñeca que hacía de bebé.

La maestra, satisfecha con el ensayo, decidió que había una actividad más que debían hacer antes de las vacaciones. —Hace muchos días que no escribimos —anunció cuando regresaron a la clase—. El principio de un nuevo año es una época para tener deseos. A veces nuestros deseos se cumplen, a veces no. Pero es muy importante tenerlos y, sobre todo, saber qué es lo que uno realmente desea. Así que saquen una hoja de papel y preparénse a escribir sobre este tema: "My mayor deseo".

María Isabel guardó, con un suspiro, *Las telarañas de Carlota*. Ya casi lo había acabado. Carlota acababa de morir, así que ya no podría pasar mucho más. Y, sin embargo, quería saber qué iba a ocurrir con sus huevos. ¿Nacerían las arañitas? Pero tendría que esperar para saberlo. Y así mordió el lápiz y luego escribió con su mejor letra: "Mi mayor deseo..."

"Este tema no es muy difícil" pensó María Isabel, "y si lo acabo pronto podré terminar de leer el libro". Así que empezó a escribir rápidamente: "Mi mayor deseo es hacer un muñeco de nieve..."

María Isabel volvió a leer lo que había escrito. Y de momento se dio cuenta de que eso no era realmente verdad. Dejó el papel de lado, tomó uno nuevo y, después de copiar nuevamente el título, escribió: "Mi mayor deseo es participar en la representación de Navidad..."

Nuevamente dejó de escribir. ¿Hubiera dicho Carlota que su mayor deseo era salvar la vida de Wilbur? ¿Y, realmente, era ése su mayor deseo? ¿O hubiera sido algo imposible como vivir hasta la primavera siguiente y conocer, en compañía de Wilbur, a sus hijas?... ¿No había acaso dicho la maestra que los deseos no siempre se cumplen? Ya que iba a desear algo, mejor desear algo que valiera la pena.

Y María Isabel tomó un tercer papel y una vez más copió el título:

Mi mayor deseo

Esta vez empezó a escribir y siguió llenando la hoja, sin detenerse.

Cuando empecé a escribir creía que mi mayor deseo era hacer un muñeco de nieve. Luego pensé que mi mayor deseo era participar en la representación de Navidad. Por fin comprendí que mi mayor deseo es seguirme llamando María Isabel Salazar López. Cuando ése era mi nombre me sentía orgullosa de que me hubieran puesto de nombre María como mi abuelita que no conocí, la mamá de mi papá, e Isabel, como mi abuela Chabela, que está juntando dinero para que yo pueda estudiar y no me pase la vida metida en una cocina como ella. Y me llamaba Salazar como mi abuelo Antonio y mi papá, y López, como mi abuelito Manuel, que tampoco conocí pero que ¡contaba cada cuento! Lo sé porque mi mamá me los contaba a mí.

Si me llamara María Isabel Salazar López habría escuchado a la maestra porque es más fácil de oír que Mary Lopez y hubiera podido decir que sí quería tomar parte en la representación. Y cuando los demás niños canten, mi mamá y mi papá no tendrían que preguntarme por qué yo no he cantado aunque me gusta tanto la canción de las velitas de Hanukah.

Los demás niños ya habían entregado sus composiciones y estaban recogiendo sus cosas para irse cuando María Isabel se levantó. Fue calladamente al escritorio de la maestra y dejó allí su papel. Como no levantó la vista no se dio cuenta de que la maestra le sonreía. Se apresuró a recoger sus cosas para irse a casa.

Una velita, dos velitas...

Al día siguiente el ambiente de fiesta ya parecía haber empezado. En la clase lucían los farolitos y las guirnaldas de papel que los niños habían estado haciendo por varias semanas. Y en la pared, en el pizarrón de corcho, la maestra había colocado, rodeadas por una enorme cara de Santa Claus, un dibujo de los Tres Reyes Magos y una menorah, las composiciones sobre "Mi mayor deseo" escritas por los alumnos.

Los niños se movían inquietos en los asientos. Marta Pérez sonrió cuando María Isabel se sentó a su lado.

—¡Mira qué bonita tarjeta de Navidad me mandó ayer mi prima! —le dijo a María Isabel mientras sacaba una tarjeta de un sobre con sellos de la República Dominicana.

María Isabel miró al paisaje tropical orlado

de flores de Pascua, pero no contestó porque la maestra había empezado a hablar:

—Vamos a ensayar una última vez, porque vamos a hacer un pequeño cambio en el programa.

Los demas niños escuchaban atentamente, pero María Isabel seguía mirando a su escritorio. Después de todo, ella nada tenía que ver con el programa.

En ese momento, oyó decir a la maestra:

—María Isabel, María Isabel Salazar...

María Isabel levantó los ojos, sorprendida.

—¿Quisieras cantar la canción de "Las velitas de Hanukah"? —dijo la maestra con una sonrisa—. ¿Crees que la podrías cantar tú sola primero y que los demás niños te acompañen después? Ven a ver cómo lo haces...

María Isabel se acercó a la maestra, que estaba afinando la guitarra. Y pocos minutos después se oía su voz, firme y clara, cantando su canción favorita.

Esa noche, mientras la madre colocaba el arroz con gandules en una fuente honda para llevarlo a la escuela, su padre le dijo a María Isabel, guiñándole un ojo:

—Como todavía no puedes pintarte, Chabelita, ¡mira lo que te traje!

Y, abriendo la mano, le enseñó un par de hebillas para el pelo. Tenían la forma de mariposas y estaban llenas de piedrecitas brillantes.

—¡Qué lindas, papi! ¡Gracias! —exclamó María Isabel. Lo abrazó y corrió a ponérselas.

Esa noche con su vestido amarillo recién lavado y planchado, con sus zapatos nuevos y las hebillas en el pelo, María Isabel se paró en el escenario y dijo:

—Me llamo María Isabel Salazar López. Voy a cantarles una canción sobre Hanukah, que es una fiesta hebrea para celebrar la rededicación del templo de Jerusalén.

La música empezó y María Isabel comenzó a cantar:

Las velitas de Hanukah

Una velita,
dos velitas,
tres velitas,
para celebrar.

Cuatro velitas,
cinco velitas,
seis velitas,
para celebrar.
Hanukah, Hanukah,
para celebrar.
Siete velitas,
ocho velitas,
nueve velitas
para celebrar.
Hanukah, Hanukah,
para celebrar.
Con la menorah,
lascas de papas,
trompos de barro,
para celebrar.
Con la familia,
con los amigos,
con los regalos,
para celebrar.

Y las mariposas en el pelo de María Isabel brillaban tanto con las luces del escenario que parecía que iban a echarse a volar.